INVENTAIRE
Ye 27·626

ALBERT MÉRAT

LE

PETIT SALON

1876

PARIS

AUX BUREAUX DE LA VIE LITTÉRAIRE

31, RUE RICHER

ALBERT MÉRAT

LE

PETIT SALON

1876

PARIS

AUX BUREAUX DE LA VIE LITTÉRAIRE

34, RUE RICHER

DÉPOT LÉGAL
OISE
N° 62
1876

ALBERT MÉRAT

LE

PETIT SALON

1876

PARIS

AUX BUREAUX DE LA VIE LITTÉRAIRE

34, RUE RICHER

LE PETIT SALON

1876

L'OUVERTURE DU SALON

C'est aujourd'hui spectacle et c'est une première !
Seulement ce n'est pas le soir, ni la lumière
Du gaz qui fait valoir la scène et le décor,
Mais le soleil de Mai charmant et pâle encor.
Les grands salons sont peints de nymphes peu vêtues.
Les massifs du jardin blanchissent de statues,
Et rien n'est plus joli que toutes ces couleurs,
Ces groupes sur les murs, ces gestes dans les fleurs,
Ces tons clairs et précis ou ces notes voilées
Dans un vague lointain de salles et d'allées.

Devant un bon tableau dont on connaît l'auteur
La foule est immobile, ou passe avec lenteur :
Et l'on dirait aussi quelque fête choisie
Où l'on est habillé selon sa fantaisie,
Sans la mise uniforme et le triste habit noir.
Les femmes qui s'en vont souriantes, sans voir.
Marquant un nom d'un trait délicat ou facile,
Portent tout simplement la toilette de ville,
Cette toilette fraîche et frêle que l'été
Fait encore plus belle en sa légèreté,
Si savante, malgré sa façon ingénue,
Que le velours tenant sur une épaule nue
Si peu, dans un hasard de chute qu'on attend,
N'a rien de moins sévère ou de plus irritant.
L'étoffe modelée à la courbe des hanches
Est une trahison sous les dentelles blanches ;

Les chapeaux sont des fleurs et même des oiseaux
Et les fins oiseleurs prennent à leurs réseaux
Les rêveurs éblouis, qui, toute une journée,
Vivent d'une figure exqu... o chiffonnée.

Lorsque l'on sort, lassé d'a voir vu sur les murs
Des villages, des ciels étincelants et purs,
De blanches nudités sincères ou menteuses,
On suit, sans y penser, les blondes visiteuses,
Les robes que les pas rhythment comme un essor,
Les belles nuques d'ambre où court un frisson d'or ;
Et quand, les yeux éteints et les jambes brisées,
On revoit le printemps dans les Champs-Élysées,
Tout ce monde factice et créé disparaît.
Les grands marronniers sont comme un peu de forêt :
Le vrai soleil rayonne et peint avec des flammes
Un caprice nouveau de toilette de femmes.

Albert-Lefeuvre. 3037. — *L'Adolescence.*

Adolescence, avril de l'âge, pur matin
Par qui l'âme, doutant des soleils, est ravie !
La jeune fille lasse au sourire enfantin
S'étonne de sentir en soi sourdre la vie.

Astruc (Zacharie). 3051. — *Buste de M. Barbey-*
d'Aurévilly.

La cravate c'est l'homme. O cravate étonnante,
Au-dessus du banal ridicule et de tout !
Je te connais, ô linge indicible ! le goût
T'admire, puis l'œil voit la tête environnante.

Aucuns (d').

Académie, Académie,
O le seul honneur ici-bas,
Souris, ne me repousse pas,
Sois ma coupole et mon amie !

Baron (Henri). 83, 84.

Des dames, de beaux cavaliers
Se lutinent et sont en joie,
Et le satin blanc se déploie
Sur le marbre des escaliers.

Des caméristes et des pages
Ont l'œil grivois ou fanfaron.
On dirait un décaméron
Ouvert aux plus exquises pages.

Bastien-Lepage. 88. — *Portrait de M. Wallon.*

Ce portrait de vieillard est d'un art sans réplique.
C'est le père-*conscrit* par qui naguère a lui
L'aube, l'enfant divin, la jeune république ;
Mais sa fille, à coup sûr, est beaucoup mieux que lui.

Baudry. 98, 99.

Deux portraits seulement, tous deux fort beaux, du reste.
Certes, ce n'est pas lui qui se reposera
Bien qu'il porte parfois l'habit vert. L'Opéra
Prouve qu'il a le pied solide et la main leste.

Baujault. 3008.

Je me souviens d'une figure exquise
Qui se penchait curieuse pour voir
Son jeune corps, et le premier miroir
La réflétait blanche, pure, surprise.

Aux belles visiteuses.

Anges des chapeaux fous et des robes coûteuses,
O vous, la douce erreur et le plaisir des yeux,
Pour vos jolis regards d'enfants capricieux,
Ce quatrain vous salue, ô belles visiteuses !

Béraud. 141.

Ils viennent de l'enterrement.
Il a plu : le ciel est très-triste.
Le défunt était un artiste
Enlevé prématurément.

Chacun regagne sa demeure
Pensif, mais semblant dire : enfin !
Les petites dames ont faim...
Il est déjà tout près d'une heure.

Berne-Bellecour. 148.

Bravo ! parmi les fleurs les beaux fruits du soleil
Montrent ce qu'il tient d'art dans la peau d'une orange :
Et serviette, biscuits, compotier, tout s'arrange,
Pour souligner le prix d'un service en vermeil.

Bernier. 149.

La ferme disparaît sous les arbres. Le soir
Tombe. Les troupeaux las reviennent à l'étable,
Et la soupe et le pain attendent sur la table
L'homme courbé toujours et qui peut bien s'asseoir.

Bernhardt (Mlle Sarah). 3075.

La mère tient son fils rejeté par les eaux,
Et pleure et ne croit pas qu'un dieu soit secourable ;
Et j'admire devant ce noyé misérable
Le modelé que font moins les chairs que les os.

Bertaux (Mme). 3078.

Cette jeune personne a cet air de surprise
Que l'on prend quand on a des bêtes dans le dos,
Et la stricte pudeur tirerait les rideaux
Devant ce nu mignard, mais charmant, que je prise.

Bertrand (James), 167.

L'enfant de Marguerite et le petit Jésus
Ne font qu'un. Est-ce là l'esprit de la légende?
Le diable a des habits tout fraîchement cousus,
Et son mouchoir de poche embaume la lavande.

Billet. 182, 183.

Les petites paysannes
Ayant cet air ravissant,
Pourquoi chérir en valsant
Bourgeoises et courtisanes?

O s'accroupir ou marcher!
Cueillir, penché comme un singe,
Des radis, laver le linge
Ou se faire maraîcher!

Blanchard, 196. — *Le Lutrin.*

Un lutrin qui n'a rien de celui de Boileau.
Des enfants de chœur blonds, jolis comme des anges,
Célèbrent quelque dogme en de fortes louanges.
— Un peintre florentin a signé ce tableau.

Bonnat. 215. — *La Lutte de Jacob.*

Jacob est rissolé, son ange l'est aussi.
Il suffisait de peindre une lutte assez chaude,
Pas trop. Cette cuisson n'a rien à faire ici :
L'ange a pour s'éventer deux ailes d'émeraude.

Aux bons artistes morts.

Quels vides, et comment les remplir? Cette année
Carpeaux, Millet, Barye et Corot, le plus grand!
Avant ceux-là Rousseau que l'on nomme en pleurant :
Decamps, Delacroix morts sans laisser de lignée!

Bonvin. 224, 225.

Le bon peintre de réfectoires
A fait, pour tenter notre choix,
Deux paysages cette fois,
Dont les qualités sont notoires.

Bouguereau. 240. — *Pieta.*

La mère douloureuse avait le teint moins frais ;
Pleine de grâce, elle eut la grâce moins mondaine.
Le Calvaire n'est pas une faridondaine.
Jésus, étant son fils, la touchait de fort près.

Breton (Emile). 269, 270.

Faute de Jules le grand frère,
Que l'on peut regretter tout bas,
On prend Emile qui n'est pas
Un petit artiste, au contraire !

Brown (John-Lewis), 293. — *Voyage sentimental.*

Charmant mais trop lâché ; toujours original.
La couleur violente un peu plutôt que terne
Est jolie. On dirait une page de Sterne
Écrite par...... pour un petit journal.

Cabanel, 324. — *La Sulamite.*

Femme, entends-tu la voix du marchand de tableaux,
La douce voix qui dit des mots chers à ta race ?
Il tremble comme au vent s'agitent les bouleaux
De te voir s'envoler et de perdre ta trace.

Cain. 3,122. — *Famille de tigres.*

Les grands tigres sculptés par Leconte de Lisle
Ne sont pas plus vivants ni plus pleins d'appétits.
Troublé des muscles forts et de la peau fébrile,
On s'étonne de voir la grâce des petits.

Chaplin. 396.

Rien que deux couleurs : du rose et du blanc,
Le même *minois* qu'un ruban varie,
Regardant ses seins d'un charme troublant.
Le titre serait : polissonnerie.

Christophe. 3,146. — *Le masque.*

Pour défier la vie et rire sous les pleurs,
Faut-il mettre ce masque et faire la grimace?
Et, pour trahir l'amer trésor qu'un cœur amasse,
Que notre chair intime ait de telles ampleurs?

Clairin. 433. — *Portrait de Mlle Sarah Bernhardt.*

L'arrangement est très-joli. La jeune femme
S'allonge mollement sous les plis du peignoir.
Des roses et des gris ; rien de sombre ou de noir.
— L'œil bleuâtre et troublant veille comme une flamme.

Clays. 439.

Bruges, ville charmante et cent fois plus Venise
Du Nord que l'Amsterdam ordinaire aux tons durs!
Pour tes canaux aussi, tes roses, tes azurs,
Au fond du souvenir ta grâce s'éternise.

2

Constant (Benjamin). 476.

Faire grand n'est pas si facile que cela !
Pieux comme le Christ, rude comme Attila,
Mohammed va fouler dans sa marche fatale
Le froid tapis de morts que le triomphe étale.

Cros (Henry). 3,181. — *Washington*.

Cette proportion plus grande que nature
Convient bien au héros candide, dont le cœur
Avec simplicité tenta cette aventure
De demeurer un sage en étant un vainqueur.

Daubigny (Charles-Pierre). 566.

Je songe à vos pommiers fleuris, roses, chantants,
Que Mai sur nos côteaux pose comme un sourire,
O maître, dont la main puissante sut écrire
Cette page divine au livre du printemps.

Daubigny (Karl). 567.

Le soleil dans sa pourpre est couché comme un roi,
Et luit encor parmi les frondaisons superbes.
Déjà la nuit qui vient décolore les herbes
Et le grand paysage est pris d'un vague effroi.

Delaunay (Elie). 600. — *Ixion*.

Bien que grec, ce supplice a des détails savants,
Et semble imaginé par des moines fervents.
Malgré tout le talent d'un artiste que j'aime
C'est moins du sentiment ému que l'horreur même.

Detaille. 656. — *En reconnaissance.*

Les maisons, les hommes, le ciel,
Cette atmosphère de bataille
Tout est juste. C'est que Detaille
N'est pas un peintre officiel.

Ses soldats ne sont pas lyriques :
Ils vont se battre simplement
Contre le déluge allemand
Aux proportions chimériques.

**Doré (Gustave). 682. — *Entrée de N.-S. Jésus-Christ
à Jérusalem.***

O Gustave Doré, rêveur miraculeux,
Imagination unique qui défie
Tous les artistes morts, vivants ou fabuleux,
Pourquoi ce paravent peint pour Philadelphie ?

Dubufe. 705. 706.

Dubufe et même Pérignon
Polissent, lèchent et vernissent.
Ils vécurent vieux sans guignon
Dubufe et même Pérignon.
Les grandes dames au chignon
Se prenaient, pour qu'ils les peignissent.
Dubufe et même Pérignon
Polissent, lèchent et vernissent.

Dubois (Paul). 3233. — *La Charité.*

Divine, l'abandon du plus beau geste humain
Étend dans la splendeur d'une forme éternelle
Autour des deux enfants son bras pur et sa main.

Elle offre avec douceur son âme maternelle.
L'un des enfants tout près du cœur s'est endormi,
Sentant qu'avec l'a   ur une force est en elle.

Chaste et grave, le sein découvert à demi,
Elle tend au petit sa mamelle robuste ;
Et le groupe puissant dans le r arbre affermi

Vivra dans l'avenir comme un exemple auguste.

Duez. 711 — *Les pivoines.*

En ce fin tableau d'un ton gris et rose
Les fleurs sont les vers, la femme est la prose.

Duran (Carolus). Nᵒˢ divers.

Monsieur Duran est un artiste admis ;
Monsieur Duran peint et sculpte avec flamme ;
Monsieur Duran pose pour ses amis ;
Monsieur Duran a fait poser sa femme.

Epinay (d') 3256, 3257.

Monsieur d'Epinay fait la sucrerie
Comme Siraudin, le bon confiseur ;
Et cela se vend et cela se crie
Chez le commissaire appelé priseur.

Falguière. 765. — *Caïn et Abel.*

Le premier meurtrier, ployé comme un lutteur
Sous le faix ruisselant de la blanche victime,
Marche anxieux, hâté de dérober son crime,
Et peint de la main sûre et forte d'un sculpteur.

Feyen-Perrin. 785 bis. — *Portrait de M. Alphonse
Daudet.*

Ce n'est plus seulement Daudet, le doux conteur
Qui possédait ce don adorable, la grâce.
C'est le peintre de mœurs, le large prosateur
Dont la main est plus forte et la touche plus grasse.

Frémiet. 3287. — *Rétiaire et gorille.*

A force de sculpter des gorilles charmants,
Mais dont la beauté peut différer de la nôtre,
Prenez garde ; le corps de la femme est tout autre :
La Jeanne d'Arc donnait des signes alarmants.

Fromentin. 831, 832.

Maître, rappelez-vous vos grands horizons clairs,
Vos courriers dont le rêve avait fait tant de lieues,
Vos chasses au faucon, vos bergers, vos douairs,
Vos gués perlés et fins et vos montagnes bleues.

Gérôme. 883, 884.

Brune et rousse comme un soleil,
Les deux ravissantes poupées,
Entre le rêve et le sommeil,
Sont à ne rien faire occupées.

L'eau fraîche rit dans ce tableau ;
La baignoire de marbre est pleine,
Et l'on peut les mettre dans l'eau
Car elles sont en porcelaine.

Gervex (Henri). 887. — *Sous bois.*

Cette façon d'aller dans les bois est charmante :
On emmène avec soi sa naïade aux doux yeux,
Et par ce procédé peu grec mais gracieux,
On évoque la nymphe à l'haleine de menthe.

Gill (André). 899. — *Crispin.*

Voici la portraiture exacte de Crispin,
Fourbe, libertin, gai, de gueule familière.
Fils naturel de la potence et de Scapin,
Devenu plus canaille encor depuis Molière.

Girard (Firmin). 903. — *Le quai aux fleurs.*

Les douces fleurs qu'avril souriant nous envoie,
Les femmes de Paris qui sont aussi des fleurs,
Dès le printemps venu, brillent pour qu'on les voie.
Mais ne sont pas en zinc de toutes les couleurs.

Guillaumet. 973. — *Le labour en Algérie.*

Dans l'ardent crépuscule, auprès de qui sont froids
Les nôtres, des chameaux tirant une charrue,
Dans la plaine d'alfa tracent les sillons droits.
Et ce coin de désert repose de la rue.

Guillemet. 977. — *Villerville (Calvados).*

La falaise normande au gazon rare et vert
Fait sous le ciel brumeux de larges dentelures,
Et le vent du Nord souffle et tord les chevelures
Des vagues par qui tout autre bruit est couvert.

Harpignies. 1002. — *Une prairie du Bourbonnais.*

La prairie immobile évapore au soleil
Les perles du matin, grâce de son réveil.

Henner. 1016, 1017.

Il fit des nymphes si belles
Aux yeux vagues, au sein blanc,
Qu'on les prirait en tremblant
De ne pas être rebelles.

Et cette année, il a peint
Un portrait de vieille dame
Avec tant de force et d'âme
Que le grand art est atteint.

Hirsch (Alphonse). 1042. — *Premier trouble.*

Le premier trouble, non ! le second tout au plus.
C'est une très-jolie et grande demoiselle
Dont les charmants regards ne sont pas superflus,
Autour de qui l'amour veille et rôde avec zèle.

Jacquet. 1085.

La paysanne de Jacquet
Est bien peinte, belle et robuste.
Une cocotte remarquait
La plénitude de son buste...

Jozis. 1104. — *La rentrée des orphelines.*

C'est promenade ! Les fillettes
Marchent en se donnant la main ;
On les prendrait sur le chemin
Pour des petites violettes.

Jundt. 1121.

L'Alsace était pourtant un si joli pays,
Avant que les Prussiens y missent leurs guérites !
Les filles aux doux yeux par le rêve bleuis
Allaient par les chemins cueillant des marguerites.

Lapostolet. 1192. — *La Seine en vue de Rouen.*

Le grand fleuve élargi qui sent déjà la mer
Met des mâts de vaisseaux aux maisons de la rive :
C'est l'horizon d'un port, et la brise plus vive
Confond la douce Seine et l'océan amer.

Laurens (Jean-Paul). 1206.

Borgia se tient debout, une main à l'épée,
De l'autre soulevant sa toque de velours ;
Il reconnaît la morte en ses ornements lourds,
Et songe et ne sait pas si sa vue est trompée.

La reine aux yeux si beaux est livide à présent :
Un évêque regarde en blanche dalmatique,
Et la scène très-simple a la grandeur antique
D'un court récit qui fait qu'on rêve en le lisant.

Lefebvre (Jules). 1249. — *Madeleine.*

Dans ses désespoirs chevelus,
Jolie avec la peau trop rose,
Elle plaît sans être autre chose
Qu'une Madeleine de plus.

Lemaire (Mme Madeleine). 1278.

Les fleurs de madame Lemaire
Sont poétiques, d'un grand goût,
Et mériteraient après tout
D'avoir pour éditeur Lemerre.

Leman. 1281. — *La joie de la France en 1638.*

Ce tableau médiocre, intitulé : « La joie
De la France », ne fait pas la mienne du tout.
Un tas de courtisans demeurent-là debout
A voir un simple roi de plus qu'on leur octroie.

Lévy (Emile). 1317. — *Le saule.*

Une petite fille à la branche d'un saule,
Se pend et se balance et s'amuse, riant
De voir le ruisseau clair qui n'est pas effrayant,
Et de sentir la branche effleurer son épaule.

Luminais. 1365.

C'est Molière étendu sans regard et sans voix,
Cette scène qui n'est jamais indifférente...
J'ouvre fébrilement le livret et je vois :
« Les suites d'un duel en l'an seize cent trente. »

Malgnan. 1377, — *Frédéric Barberousse aux pieds du
pape.*

Le style est au diapason
De la scène dont rien n'échappe.
Et l'empereur a bien raison
De baiser les pieds de ce pape.

Marcello. 345.

La douce odeur féminine
Monte des seins nus et blancs.
La tête a des airs troublants.
Mondaine, fière, câline,

Merclé. 3477. — *David avant le combat.*

Ce petit David un peu rond
A tout de même un air épique.
Il n'a ni cuirasse ni pique,
Mais un signe marque son front.

Nous le vîmes une autre année
Tranquille, doux et triomphant.
On eût dit une âme d'enfant,
De sa jeune gloire étonnée.

Mols (Robert). 1480.

Un peu grand ! Pour parler de ce portrait d'Anvers,
Le simple alexandrin me semble peu de chose.
Il faudrait, à défaut d'un volume de prose,
Qu'un député connu tournât la chose en vers.

Moreau (Adrien). 1499, 1500.

Monsieur Moreau peint le joli
Aussi bien presque que Toulmouche :
Son pinceau sent le patchouli ;
Monsieur Moreau peint le joli.
Tout petit artiste accompli,
Ce n'est pas du pied qu'il se mouche.
Monsieur Moreau peint le joli
Aussi bien presque que Toulmouche.

Moreau (Gustave), 1505. — *Hercule et l'hydre de*
Lerne.

Parmi des rochers bleus et vagues de féeries,
Hercule, lumineux et beau comme Apollon,
Vient défier le monstre en son mortel vallon,
Mais tout, même les chairs, est fait en pierreries.

Munkacsy. 1524. — *Intérieur d'atelier.*

L'atelier, assombri par les tapisseries,
Est profond, magnifique et sourd : Le velours bleu
D'une robe relève en l'éclairant un peu
Le demi-jour propice et cher aux rêveries.

Nittis (de). 1544.

La plus fine modernité :
De la bottine à la voilette,
Tous les secrets d'une toilette,
Sur le trottoir propre ou crotté.

Noël. 3,513. — *Buste de M*^{lle} *L.-L.*

Ce buste est très-joli, sans valoir le modèle :
Moderne, et cependant dans le goût Pompadour.
Les yeux un peu saillants, la *gorge faite au tour*
Disent au souvenir de demeurer fidèle.

Pasini. 1,595. — *Le harem à la campagne.*

Le vrai sérail est-il plus joli que cela ?
Voilà bien dans les fleurs roses les seins de neige,
Le paradis vivant où mon cœur s'envola
Entre deux versions latines, au collège.

A un peintre d'animaux. N° ***.

O trouble ! pourquoi l'acajou
Et pourquoi pas le palissandre ?
La nature, est-elle un joujou ?
O trouble ! pourquoi l'acajou ?
Aussi malin qu'un sapajou,
L'artiste pourrait nous l'apprendre.
O trouble ! pourquoi l'acajou
Et pourquoi pas le palissandre ?

Pelouze. 1609.

Les grands arbres, géants à la tête hardie,
Les taillis dont l'oiseau préfère le secret,
Montrant une trouée où le côteau parait,
S'allongent sur un ciel aux lueurs d'incendie.

Préault. 3,554. — *Ophélie.*

Une main sur son cœur, l'autre tenant encor
Les fleurs qu'elle cueillait en chantant sur la rive.
Son âme délicate et blanche a pris l'essor.
Elle souriait tant la blessure était vive.

Elle est morte à présent, et la courbe du flot
L'environne et l'embrasse et la berce, pareille
A quelque amie étrange avec un doux sanglot
Qui lui dirait des mots d'espérance à l'oreille.

Puvis de Chavannes. 1694.

Voilà le style enfin ! La Sainte-Geneviève
Est l'enfant qui priait aux fresques de jadis,
Quand Fiesole faisait poser le Paradis
Dans la naïveté de l'extase et du rêve.

Renard. 1,717. — *Portrait de la grand'mère.*

La grand'mère en marmotte, aux fins traits paysans,
Regarde avec malice en prenant une prise.
Elle a, bons ou mauvais, vu passer bien des ans.
Cette toile est habile et très-juste, un peu grise.

Ribot. 1,729, 1,730.

O bon peintre, pourquoi faut-il qu'on vous conseille.
Vous, dont l'art vigoureux nous avait saisis tous?
Une gelée, hélas ! fût-elle de groseille,
N'est pas de la couleur sérieuse pour vous.

Robert-Fleury (Tony). 1,753. — *Pinel à la Salpêtrière.*

Monsieur Tony Robert-Fleury
A peint, cette fois-ci, des folles
Insignifiantes et molles :
Style académique fleuri.

Roll. 1,760. — *La chasseresse.*

Cette dame très-peu vêtue,
Mais à qui le nu va fort bien.
A cheval, grâce à ses chiens, tue
Un vrai léopard comme rien.

Ross, d'Echérac, Hercule. 3,577, 3,254, 3,352.

Valade, Cladel, Jean Aicard
Sont trois bons poètes lyriques.
On ne laisse plus à l'écart
Valade, Cladel, Jean Aicard.
Sans être vêtus de brocard,
Ils ont des cheveux chimériques.
Valade, Cladel, Jean Aicard
Sont trois bons poètes lyriques.

Rousseau (Philippe). 1,793, 1,794.

Les vieux maîtres du Nord n'ont jamais peint les fleurs,
Les vases ou les fruits d'une main aussi belle.
Tout poète inquiet du grand art se rappelle
Vos chrysanthèmes, neige aux vivantes pâleurs.

Schenck. 1,855. — *Pigeons et laboureurs.*

Belle et lassée encor de ses mortels tourments,
De la paix monstrueuse et de l'horrible guerre,
La France retrouvant son rire de naguère
Regarde avec plaisir ces pigeons allemands.

Ségé. 1879.

Je revois la Bretagne, et crois sentir encor
Les ajoncs que Brizeux appelait la fleur d'or.

Sylvestre. 1921. — *Locuste et Néron.*

La vieille empoisonneuse au geste familier
Tourne vers l'empereur sa face de furie,
Attendant qu'il approuve et même qu'il sourie.
Et l'esclave se tord sans avoir pu crier.

Van Marcke. 1991.

Au moins ces vaches-là sont des vaches ! Troyon
N'a jamais d'un plus fier pinceau peint cet œil triste
De la bête qui songe et rumine. Un rayon
Du maitre glorieux a touché cet artiste.

Vibert. 2019.

L'abbé Vibert a tant d'esprit
Que l'on ne peut lui chercher noise :
Il prend son objectif et rit.
L'abbé Vibert a tant d'esprit !
Quand il ne peint pas, il écrit
Et sa muse est double et sournoise.
L'abbé Vibert a tant d'esprit
Que l'on ne peut lui chercher noise.

Vollon. 2043. — *Femme du Pollet* (Dieppe).

Très-déplacée en un salon,
Faite pour un gas non imberbe,
Elle est affreuse, elle est superbe
La poissonnière de Vollon.

Worms. 2072, 2073.

Je revois les seins nus, les mollets, le décor
De ce salon-empire, où, rasé comme un prêtre,
Un poëte excellent, monsieur Guiraud peut-être,
Se penche et lit des vers comme on en fait encor.

You. 2079, 2080.

Ce sont nos légers paysages :
La rivière, le ciel et l'eau,
Un délicat et frais tableau
Pour les amoureux et les sages.

Mai 1875

CLERMONT (OISE). — TYPOGRAPHIE A. TOUPET

www.ingramcontent.com/pod-product-compliance
Ingram Content Group UK Ltd.
Pitfield, Milton Keynes, MK11 3LW, UK
UKHW021044120726
13693UKWH00006B/2418